Este libro pertenece a:

_____

¡Comparte!

Anthea Simmons

Georgie Birkett

Picarona

A mi hijo Henry por la fe ciega que tiene en su madre,
y a Malachy Doyle, pues sin él no hubiera podido escribir este libro.
A. S.

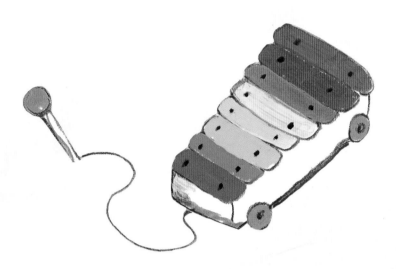

Puede consultar nuestro catálogo en www.edicionesobelisco.com / www.picarona.net

¡Comparte!
Texto de *Anthea Simmons*
Ilustraciones de *Georgie Birkett*

1.ª edición: octubre de 2013

Título original: *Share!*

Traducción: *Carla Puigpelat*
Maquetación: *Montse Martín*
Corrección: *M.ª Ángeles Olivera*

© 2010, Anthea Simmons y Georgie Birkett
(Reservados todos los derechos)
Primera edición de Andersen Press Ltd. en 2010
Publicado en Australia por Random House Australia Pty.
© 2013, Ediciones Obelisco, S. L.
(Reservados los derechos para la lengua española)

Edita: Picarona, sello infantil de Ediciones Obelisco, S. L.
Pere IV, 78 (Edif. Pedro IV) 3.ª planta, 5.ª puerta
08005 Barcelona - España
Tel. 93 309 85 25 - Fax 93 309 85 23
E-mail: picarona@picarona.net

Paracas, 59 C1275AFA Buenos Aires - Argentina
Tel. (541-14) 305 06 33 - Fax (541-14) 304 78 20

ISBN: 978-84-940745-7-8
Depósito Legal: B-15.479-2013

Printed in India

Me encanta mi suave osito de peluche,

pero el Bebé también lo quiere.

—Compártelo —dice mamá...

...y compartimos el peluche.

Pero... mi peluche está empapado y pegajoso, ¡y lleno de trozos de comida!

El Bebé también quiere
mi libro de animales preferido.

–Compártelo –comenta mamá...

...y compartimos
el libro.

Pero... ¡el libro está arrugado
y tiene las páginas medio despegadas!

Me gusta mucho mi puzle de números,
pero el Bebé también lo quiere.

—**Compártelo** –dice mamá...

...y compartimos el puzle.

Pero... ¡ahora el puzle está que da pena y todas las piezas están mordisqueadas!

Me encanta mi manta, es muy cómoda, pero el Bebé también la quiere.

—**Compártela** –ordena mamá...

...y compartimos la manta.

Otra vez... ¡mi manta está muy sucia
y mojada de arriba abajo!

¡Es la hora de MI merienda!
¿También la quiere el Bebé?

—¿La comparto? —le pregunto a mamá...

...y compartimos la merienda.

Pero el Bebé no puede comer mis galletas porque no tiene dientes.

Bebo de mi taza favorita.
¿También la quiere el Bebé?

—¿**La comparto**? -le pregunto a mamá...

...y compartimos la taza.

Pero el Bebé no sabe beber con taza
y se ha empapado.

Estoy pintando con mis colores y el Bebé también los quiere.

—¿**Los comparto**? —le pregunto a mamá...

Pero el Bebé se ha pintado el pelo
y se ha manchado las manos y los pies
de pintura azul.

Quiero bañarme con burbujas,
y el Bebé también quiere.

—¿Comparto? —le pregunto a mamá...

...y compartimos la bañera.

Ahora estamos limpios, radiantes,
cómodos y somnolientos.

El Bebé está en mi cama
y yo también quiero meterme en ella.

—¿La comparto? —sonríe el Bebé...
...y compartimos la cama.

Es muy agradable y especial estar con mi hermanito.

¡Y nos reímos muchísimo una y otra vez, y le quiero tanto, tanto...!

Mamá nos abraza y nosotros
también queremos abrazarla a ella.
—¿**Compartimos** a mamá?

¡...y la compartimos!

Otros libros de la colección  Picarona:

EL HOMBRECILLO DE LOS SUEÑOS

Gianni Rodari • Anna Laura Cantone

El libro del buen dormir

DUERME COMO UN TIGRE

textos Mary Logue ★ ilustraciones Pamela Zagarenski

LA NIÑA QUE NUNCA COMETÍA ERRORES

Mark Pett y Gary Rubinstein
Ilustraciones de Mark Pett

Marcus Sauermann   Uwe Heidschötter

EL NIÑO Y LA BESTIA